La sirène des mers de glace

LOUISE-MICHELLE SAURIOL

Illustrations :
GEORGETTA PUSZTAÏ

Données de catalogage avant publication (Canada)

Sauriol, Louise-Michelle

La sirène des mers de glace

(Collection Libellule)
Pour enfants.

ISBN 2-7625-4036-4

I. Titre. II. Collection.

PS8587.A8684S47 1992   jC843'.54   C92-096703-5
PS9587.A8684S47 1992
PZ23.S28Si 1992

Conception graphique de la couverture : Bouvry Designers Inc.
Illustrations couverture et intérieures : Georgetta Pusztaï

© Les éditions Héritage inc. 1992
Tous droits réservés

Dépôts légaux : 4e trimestre 1992
Bibliothèque nationale du Québec
Bibliothèque nationale du Canada

ISBN : 2-7625-4036-4   Imprimé au Canada

LES ÉDITIONS HÉRITAGE INC.
300, Arran, Saint-Lambert (Québec) J4R 1K5
(514) 875 0327

*Aux enfants de
toutes les couleurs*

La débacle

Il est minuit. Yaani s'est levé en cachette. Il veut pêcher tout plein de poissons. Un grand événement se prépare : sa chienne Anouk attend ses premiers bébés chiots. Par un trou dans la glace, il introduit sa ligne en nerf de caribou dans l'eau; il se penche, l'oreille et l'oeil aux aguets.

C'est déjà la fin juin, la banquise s'amincit, les glaces craquent. Le printemps arrive dans l'arctique. À cette époque de l'année, le soleil chasse complètement la nuit; son globe doré, très bas dans le ciel, diffuse encore des rayons, même à minuit. Tout en haut, quelques étoiles annoncent timidement l'heure réelle.

Yaani sourit, une morue frétille au bout de son crochet; la pêche s'annonce exceptionnelle. Il détache un peu son parka, tant la température est douce.

Anouk se balade autour de lui la queue en l'air, mise en appétit par l'odeur de poisson. Les autres chiens sont restés attachés près de la maison pour éviter les batailles, leur jeu favori.

— Tiens, ma belle! Régale-toi! dit Yaani en lançant le poisson à la chienne. Je vais en attraper des douzaines comme ça!

Sa ligne à peine replongée, il lève la tête : il a perçu un souffle là-bas devant lui. Oh oh! Un phoque est certainement proche. Anouk regarde dans la même direction, les oreilles dressées. Yaani glisse un bloc de glace sur le bout de la ligne et fait quelques pas en avant.

Plus il écoute, plus il est certain : un phoque est venu saluer le printemps par un trou de respiration! Yaani ne peut résister. Il s'avance sur la banquise pour tenter d'apercevoir le visiteur.

Des craquements se multiplient sous ses pas. «Attention à la glace!» se dit-il. Il pose délicatement ses kamiit * sur la mer gelée et se dirige vers une échancrure au large.

— Tout doux, Anouk! Pas de

* **kamiit** : bottes d'hiver en peau de phoque, cousues à la main.

bêtise! dit-il, la main appuyée sur le corps de sa chienne.

Ils contournent des flaques d'eau; de nouvelles fentes se taillent dans la glace sous leurs yeux. Mais Yaani croit déjà apercevoir les moustaches du phoque; piqué de curiosité, il franchit résolument les cent mètres qui le séparent de l'animal.

Là, il découvre un jeune phoque en train de respirer par un *aglu*. ** Yaani sent se réveiller ses instincts de chasseur.

— Et si on le tirait de là? murmure-t-il. On en ferait tout un festin!

Il recule pour ne pas effrayer le mammifère et prend un couteau dans sa poche. «J'aurais dû apporter le harpon que l'oncle Charlie

** **aglu**: nom donné par les Inuit aux trous de respiration dans la glace.

m'a donné, se dit-il. Dommage qu'il soit resté là-bas. »

— Anouk, va! Va chercher! Va chercher le harpon sur la grève. Allez!

La bête hésite un moment, puis fonce vers le rivage, les poils au vent.

Yaani continue de fouiller ses poches lorsqu'un grondement épouvantable le fait sursauter: dans un tumulte monstre, tout se soulève et casse autour de lui. C'est la débâcle! La banquise se fracasse et des torrents d'eau jaillissent de partout.

Le garçon tente de fuir par une grande enjambée. Mais il doit y renoncer: l'étendue d'eau s'élargit à vue d'oeil devant lui. En quelques instants, la pièce flottante sous ses pieds devient un simple radeau glacé.

Au loin, Anouk jappe à fendre l'âme : la chienne a regagné la terre ferme de justesse et elle sonne l'alarme à tous les échos. C'est bien inutile, le village est endormi et la mer déchaînée emporte Yaani sur son épave de glace.

En plongée

Yaani est terrifié par les courants furieux qui soulèvent les glaces et les font dériver. La débâcle, c'est d'habitude le signal du printemps et de la reprise des expéditions de chasse.

Il a entendu raconter des histoires de personnes emportées par les flots; mais jamais Yaani n'a imaginé être victime d'une aventure aussi effroyable. Surtout que ces eaux glacées ne pardonnent pas ; en quelques secondes, elles gèlent et paralysent le corps.

Yaani regarde son village s'éloigner et Anouk devenir un point ballottant à l'horizon. Il se dit qu'il lui faut vite trouver un passage sur les glaces.

Dès qu'il aperçoit un bloc plus consistant, il s'élance et réussit à y prendre pied. Mais il est projeté par une lame violente et rebondit sur un morceau étroit.

Le voilà sur un îlot glacé ; un tout petit îlot qui menace de s'effriter en peu de temps. Le vent le pousse plus au large. À moins de voir apparaître une vraie île où se réfugier, il ne pourra tenir le coup. Mais Yaani n'est pas de ceux qui

abandonnent. Il va lutter, s'agripper jusqu'à la dernière minute. Il regarde droit devant lui à la recherche d'un coin de terre. Ses yeux rougis par le vent ne voient que des amas de glace de plus en plus fragmentés. Il lui semble entendre des hurlements dans le lointain.

— Anouk, où es-tu ? crie-t-il, éperdu.

Yaani dirige son regard au-dessus de la mer : les étoiles éteignent leurs feux pour faire place au jour.

Il aperçoit la Grande Ourse qui se retire la dernière du ciel, comme une grande dame résignée à ne plus avoir la vedette. Les étoiles de son chariot rentrent dans l'ombre une à une, sauf l'étoile magique, encore brillante. Son Étoile ! L'Étoile de la course ! *

* Voir «La course au bout de la terre»

— Mon étoile! AU SECOURS!

Sans pitié, les glaces continuent de s'entrechoquer dans un fracas terrible. Yaani voit soudain l'étoile magique se détacher et venir coller à son corps. Sa tête chavire en même temps que ses pieds perdent contact avec le morceau glacé. Il bascule dans la mer. Il coule à pic, s'enfonce tout entier dans des profondeurs inconnues.

Prisonnier

Lorsqu'il ouvre les yeux, Yaani aperçoit au fond de la mer, un tapis rose parsemé de boules brunes.

« Tiens, je ne suis pas mort! » pense-t-il, au comble de la surprise.

Il tourne la tête en arrière: des pointes orangées dépassent de son dos. L' étoile magique est attachée à lui, ses pointes bougent et dégagent une douce chaleur. On dirait une étoile de mer grand format. Et lui qui n'a jamais nagé, voilà qu'il se déplace comme un poisson dans l'eau!

— Que c'est beau ici, on dirait un jardin! dit-il en découvrant des coraux* et des algues dans le tapis vivant sous lui.

— Qui es-tu? demandent les boules brunes qui viennent à sa rencontre. Le soleil commence juste à nous pénétrer; nous nous éveillons à peine de notre sommeil de l'hiver, continuent les boules en déroulant leurs épines.

— Je suis Yaani, un garçon Inuk** de douze ans. Vous êtes des oursins n'est-ce pas? Pourriez-vous m'aider à sortir d'ici?

— Nous sommes des oursins-

* **des coraux** (un corail): masses ou colonies de tout petits animaux fixés sur une base dure dans le fond des mers. Les coraux mous sont de couleur rose pâle.

gardes, dit l'un d'eux. Sais-tu que tu as pénétré sans permission chez Sedna, la déesse-sirène?

— Je suis tombé par accident, je vous jure. Jamais je n'aurais voulu offenser qui que ce soit, encore moins une sirène!

— Tous ceux qui arrivent ici disent la même chose. Tu vas nous suivre au château, ajoute l'oursin.

Les autres oursins-gardes pointent leurs épines. Ce n'est pas la peine de discuter, ils sont bien trop piquants. Yaani se résigne et se met en mouvement avec eux.

Il se rappelle l'histoire de Sedna, appelée aussi *Talilayou*. Son ami Kopak, le vieux chasseur, la lui a racontée :

« *Dans les temps anciens, Sedna*

** un inuk, des inuit : appellation des peuples du Grand Nord et de l'arctique.

était une fille Inuk ordinaire. Elle vivait seule avec son père au bord de la mer. Un jour, elle s'est envolée avec un oiseau. Mais le mariage n'a pas duré. L'oiseau l'a bientôt laissée tomber en plein océan.

Son père est parti à son secours et l'a fait monter dans son kayak. Hélas, une tempête s'est levée. Le père a eu très peur des grosses vagues; il a eu tellement peur qu'il a décidé d'offrir sa fille aux oiseaux. Il l'a jetée par-dessus bord sans écouter ses cris.

Sedna s'est accrochée au kayak avec toute la force de ses mains; alors le père a pris son couteau et lui a tranché le bout des doigts. Mais en tombant dans la mer, les bouts de doigts se sont transformés en baleines! Furieux, le père a coupé une deuxième partie aux *doigts de sa fille pour l'empêcher de s'agripper. Cette fois, les morceaux de doigts sont devenus des phoques! Fou de rage, il a coupé tout ce qui lui restait de doigts : aussitôt dans l'eau, ces derniers morceaux se sont changés en phoques barbus.*

*Sedna a coulé au fond de l'eau; elle est disparue avec les animaux marins, ses enfants. Elle s'est transformée en déesse des mers, en déesse-sirène. Depuis ce jour, c'est elle qui protège les bêtes marines et contrôle la chasse. »**

Voilà ce qu'avait dit Kopak.

Elle existe donc pour vrai, Sedna, la déesse-sirène?

« Quelle affaire! » songe Yaani en se hâtant pour suivre la troupe des oursins.

* extrait d'une légende Inuit

Sedna, la déesse-sirène

À travers les rangs de boules piquantes, Yaani observe de plus en plus de mouvements. La mer, libérée de ses glaces, laisse filtrer des rayons de soleil. La vie reprend son rythme du printemps.

Des morues vont se cacher derrière les roches tandis que les crevettes fuient dans les algues. Une toute petite araignée de mer se faufile dans un coquillage.

Tout à coup, deux tours bizarres aux couleurs claires se dressent au-dessus de Yaani. Les oursins s'écartent pour laisser passer leur prisonnier. Un château mystérieux apparaît dans les profondeurs de la mer!

Bâti de rochers couverts d'algues mauves, le château est surmonté de tourelles de coraux légers. Des anémones jaunes pendent au-dessus de l'entrée sombre.

— Viens avec moi, lui dit un des oursins qui se détache du groupe.

Yaani hésite un instant: deux phoques barbus sont postés de chaque côté de l'entrée, la mine sévère. Tout tremblant, il se décide enfin à suivre son guide chez la déesse Sedna.

Il entre avec l'oursin dans une pièce aux parois rocailleuses. Une poignée de coquillages, suspendus au plafond, répandent des lueurs diffuses.

L'oursin s'arrête et lui dit:

— Je vais t'annoncer à notre déesse.

Il s'engage dans un couloir étroit, se place devant un creux de rocher et crie d'une voix fluette:

— Divine Sedna, voici un nouveau prisonnier! C'est un garçon de bonne apparence.

Puis il revient vers Yaani et lui souffle rapidement:

— C'est tout ce que je peux faire pour toi.

La réponse de la déesse-sirène est immédiate:

— VIENS JE T'ATTENDS!

... Viens je t'attends...Viens je t'attends... répète l'écho de toutes parts.

Les oreilles bourdonnantes, Yaani s'engage dans le couloir; la porte arrière s'ouvre automatiquement sur son passage. Il débouche sur une pièce lumineuse.

Entourée de cinq ou six phoques, la déesse-sirène est assise sur un coussin d'algues marines. Ses épaules sont couvertes d'un amautik, parka au capuchon très large. Yaani lui trouve une beauté inconnue des humains : sa figure rappelle la tête des mouettes et ses yeux gris brillent à la façon des pierres précieuses.

Sedna caresse un petit phoque argenté d'une main recouverte d'un gant noir.

Yaani ne peut détacher son regard des gants de la déesse-sirène. Il demeure figé sur place.

— Avance plus près! ordonne la déesse.

— Je m'appelle Yaani, dit-il en obéissant.

— De quel droit as tu pénétré dans mon royaume? continue-t-elle sévèrement. Les animaux de la mer sont sous ma protection. Malheur aux chasseurs imprudents!

— C'est un accident, madame la sirène. Je sais que vous protégez les bêtes. Moi, je suis un garçon de la terre et je dois absolument retourner prendre soin de ma chienne Anouk.

— Il n'en est pas question maintenant. Tous les chasseurs se déclarent innocents, même les plus cruels. Tu dois prouver ton courage et ton respect pour les animaux.

— Mais comment ? Je suis pressé...

— Écoute bien ce que je vais t'expliquer. Sinon, les esprits vont se saisir de toi ! dit la déesse.

Yaani s'efforce de comprendre les paroles de Sedna. Malgré lui, il recommence à trembler.

— Tu vas nettoyer le jardin à l'arrière du château. Les hommes de ce siècle ne cessent de jeter n'importe quoi à l'eau. Les animaux en sont malades.

— Moi je n'ai rien fait... balbutie Yaani.

— Suffit, tranche Sedna. L'oursin va t'accompagner ; les instruments sont déjà en place. Dépêche-toi, les baleines arrivent bientôt.

— J'y vais tout de suite, dit Yaani pressé d'en finir.

— Seulement, ajoute la déesse-sirène, prends garde à Kiliutak, le morse enragé.

— Un morse enragé? Où ça?

— Derrière les rochers, non loin du château. Kiliutak est devenu fou parce que des hommes ont détruit sa famille pour avoir leurs belles défenses en ivoire. Évite de produire des bruits humains.

— C'est entendu, s'empresse de répliquer Yaani.

Il connaît les morses : il sait qu'ils sont très puissants dans l'eau. Ce n'est pas lui qui va s'aventurer à en troubler un, enragé ou pas.

— Tu viendras me voir quand tu

auras fini, conclut la déesse-sirène sur un ton radouci.

Un rideau piqué d'étoiles de mer descend devant Yaani : l'entrevue est terminée. Il retourne dans la première pièce et nage vers la sortie.

Le jardin ensorcelé

En franchissant la porte, Yaani pousse un long soupir. Dire qu'il espérait rentrer chez lui tout de suite !

Les phoques barbus lui lancent des regards maussades et les anémones se balancent tristement sur la muraille.

Tout de même, l'oursin est bien là ; il lui parle aimablement :

— Les instruments sont juste en arrière. Viens avec moi, n'aie pas peur.

Le jeune garçon s'empresse de le suivre. Son guide à piquants se plante devant un râteau et un tamis aux fils d'argent. À côté, une pile de sacs à détritus sont posés.

— Tu vois le jardin devant toi ? Tu peux le râtisser dès maintenant.

Yaani n'en revient pas. Ce jardin est tellement vaste qu'il en voit à peine les limites : une barrière de roches indique au loin le commencement du jardin suivant.

Mais il n'a pas le choix. Il veut absolument sortir de là. Il s'empare du râteau et attaque sa corvée. Yaani gratte, remue le fond marin pour le débarrasser de toutes les saletés accumulées. Il remplit un sac.

Le râteau est plus lourd que prévu. Au bout de quinze minutes, ses bras sont déjà fatigués et ses mains, endolories. Yaani raidit ses muscles en pensant à ceux qui l'attendent là-haut: Anouk et ses petits à venir, ses parents, ses amis, tous ses chiens. Il continue de travailler de son mieux.

Mais la fatigue grandit en lui; comment venir à bout de tout ce travail?

La froideur de l'eau le fait frissonner et ses doigts s'engourdissent.

Il s'arrête un moment.

Horreur! Des quatre coins du jardin, s'avancent des êtres gluants qui nagent en tous sens. Une sorte de pieuvres noires à cinq pattes. Leurs grosses têtes grimacent comme elles s'approchent de Yaani.

«Les esprits! pense-t-il. Ils vont m'emporter! Non et non!»

Il secoue ses membres et se retourne vers l'étoile de mer accrochée à son dos. À cet instant, il lui vient une chanson à la mémoire, la chanson magique de Kopak: une chanson secrète qu'il l'a entendu fredonner avant une expédition de chasse.

Les yeux fermés, Yaani se met doucement à chanter:

« A-ya-aya-ya... le phoque est caché... ami viens à moi.... la chasse est ma vie... phoque mon ami... »

Un courant subit dans la mer lui fait ouvrir les yeux. Les horribles créatures fuient en soulevant de grands remous! La chanson les fait toutes disparaître dans des lieux inconnus. Quelques secondes et il n'en reste plus aucune!

— Ouf! Sauvé pour cette fois.

Yaani remarque des séries de moustaches qui se profilent autour du jardin. Des centaines de phoques ont répondu à son appel à l'aide. Réconforté, il prend le râteau et se remet au travail. Une curieuse énergie traverse ses muscles. Il lui semble même que le râteau l'entraîne! Après une heure d'efforts, un nombre impressionnant de sacs sont remplis. Le jardin est débarrassé du plus gros de ses déchets.

Il lui reste à tamiser. Il soulève le tamis aux fils d'argent avec inquiétude; mais le sable vient de lui-même se filtrer dans la passoire! Il parcourt le jardin plus rapidement que la première fois et vide toute la saleté dans de plus petits sacs.

Épuisé mais heureux, il dépose enfin les instruments à leur place.

— Bravo! fait l'oursin, tout content. Allons trouver Sedna.

Kiliutak, le morse enragé

L'oursin nage rapidement pour regagner l'entrée principale du château. Derrière lui, Yaani fredonne l'air magique en inventant de nouveaux mots: «... Anouk me voici... frappe le tambour....» Hélas! Par un curieux phénomène, sa voix ébranle les parois du château, rebondit sur les rochers, éclate dans la mer!

— Tu as réveillé Kiliutak! Sauve-toi! crie l'oursin.

Trop tard! Kiliutak agite son museau épais et se précipite déjà vers lui. Il se rapproche à toute vitesse, défenses à l'attaque. Le jeune Inuk n'a jamais vu de morse semblable.

Cet animal fait bien cinq mètres de long et pèse certainement plus de mille kilos. Ses défenses sont énormes, de vraies dents de monstre!

Kiliutak s'arrête un instant pour racler le fond de l'eau.

Durant ce court répit, Yaani s'empare d'un gros coquillage et se prépare à affronter le morse. Il a bien peu de chance de s'en sortir. On chasse ces animaux sur la plage ou la banquise. Mais pas dans la

mer où ils sont plus forts que des taureaux!

Yaani se retranche derrière un rocher. Il rassemble toutes ses forces pour résister à la bête folle de rage.

Kiliutak finit d'engouffrer quelques vers marins, lève sa lourde tête et se propulse vers Yaani comme un ouragan.

Yaani brandit le coquillage devant lui.

Un tourbillon d'eau vient s'abattre contre le coquillage, suivi d'une face monstrueuse aux dents gigantesques.

Mais Yaani n'est pas renversé. Qu'arrive-t-il? Le morse a-t-il perdu sa puissance? Ou quelqu'un est-il intervenu?

Kiliutak reste la tête collée, les moustaches pendantes et les défenses abaissées. On dirait le coquillage aimanté, comme électrifié.

Yaani regarde au-dessus de lui: toutes les pointes de l'étoile de mer sont étirées et brillent très fort. Une lumière vive se diffuse jusqu'au fond de la mer. Le morse, traversé par le rayon mystérieux, est incapable de bouger.

Soudain, apparaît la déesse-sirène, accompagnée du petit phoque argenté.

— Arrière, Kiliutak! Va-t'en! ordonne Sedna en pointant un de ses gants en direction du morse.

Le rayon orangé s'éteint et le morse s'enfuit à toute vitesse.

Le gant levé de Sedna bouleverse Yaani: que lui réservent les mains de la déesse? L'histoire des doigts coupés le hante encore. Mais l'oursin revient à ses côtés et pousse des cris de joie: le garçon s'apaise un peu.

Sedna s'avance vers lui, la figure rayonnante:

— Tu as travaillé avec une volonté et une force extraordinaires. J'ai désormais confiance en toi. Tu feras de grandes choses pour les animaux.

Le petit phoque argenté vient alors se frotter contre Yaani, tout comme s'il avait compris.

— Merci, madame la sirène, fait Yaani soulagé. Est-ce que je peux partir?

—Tout de suite, parce que la terre a un besoin urgent de personnes comme toi. Tu es libre, mais n'oublie jamais les magnifiques jardins cachés sous les océans de glace. Ils sont précieux pour les bêtes et les hommes.

— C'est promis, Sedna, dit joyeusement Yaani.

— Je peux venir avec toi? implore l'oursin de sa voix fluette.

— Bien sûr! répond spontanément le garçon.

Sedna, la déesse-sirène, s'approche alors de Yaani. Elle appuie ses mains sur la tête du jeune Inuk.

— Bon retour! dit-elle en s'éloignant déjà vers son château de rochers mauves.

Yaani est tout de suite aspiré par un tourbillon montant: il file vers la surface, l'étoile de mer au dos, l'oursin contre lui.

Le réveil fantastique

— Anouk! Que viens-tu faire ici à cette heure et dans un pareil état? demande Kopak, le chasseur de baleines, en ouvrant sa porte. C'est donc toi que j'ai entendue japper et hurler sur la grève depuis une heure du matin? C'est à cause de la débâcle, hein?... Ton maître est en danger, c'est ce que tu viens me dire, continue le vieil Inuk en faisant entrer la bête hors d'haleine.

Et toi, tu vas avoir tes petits en plein dans ma cuisine!... Suis-moi, dit-il encore en poussant une porte de côté. Je vais t'installer juste là, dans ma remise. Tu auras chaud et tes petits aussi.

Kopak caresse le corps de la bête épuisée qui s'écrase par terre.

— Je me doute bien ce qui a pu arriver à ton maître. Je vais devoir parler à la déesse, comme autrefois. Les eaux sont tellement froides. C'est un grand malheur d'y tomber, marmonne-t-il en jetant une peau de phoque sur ses épaules... Fais bien ce que tu dois faire, lance-t-il à la chienne qui va mettre bas d'un moment à l'autre. Je reviens dès que je peux. Nous fêterons, tu verras!

Anouk répond par un long gémissement.

Kopak arrive sur le rivage; la banquise continue de se disloquer comme un casse-tête à mille pièces.

Il aperçoit de loin le sac de Yaani rejeté sur la rive. Kopak marche rapidement en scrutant l'horizon de son regard d'aigle. Pas le moindre signe de vie, à part une volée de canards qui reviennent avec le printemps.

Comme il se rapproche de la mer, un paquet emmailloté rebondit comme un bouchon et tombe sur la banquise. Le vieil homme se hâte dans cette direction : il a reconnu le parka de Yaani.

Lorsqu'il le rejoint, Yaani repose sur une étoile de mer orangée ; il

tient un oursin tout brun dans sa main. Il semble dormir. À peine a-t-il la figure un peu enflée. On croirait même qu'il sourit.

Kopak l'enveloppe rapidement dans la peau de phoque.

— Réveille-toi, Yaani! ton esprit doit sortir de là, Anouk t'attend!

— Anouk, murmure Yaani du bout des lèvres.

Une chaleur bienfaisante parcourt ses membres; il se lève à demi et rejette l'eau de mer qui pesait sur ses poumons.

— Kopak, j'ai rencontré la sirène dont tu m'as raconté l'histoire. J'étais prisonnier, mais l'étoile m'a sauvé.

— Mon enfant, tu as montré beaucoup de courage pour revenir

avec les tiens. Cette étoile a perdu tout pouvoir à présent ; regarde derrière toi, elle est devenue sèche et toute petite. Conserve-la bien en souvenir.

— Je vais la garder pour toujours, dit Yaani très ému, en la mettant délicatement dans sa poche. Tu as vu ? J'ai ramené un oursin du fond de la mer.

— Je t'emmène chez moi avec ton oursin ; quelqu'un a une surprise pour toi ! répond Kopak avec un sourire mystérieux.

— Anouk ? demande Yaani comme le vieillard le soulève sans ajouter une parole.

Kopak marche d'un pas vigoureux malgré son âge. Il dépose le garçon sur son lit et ouvre toute grande la porte de la remise.

— Oh! là là! s'exclame Yaani.

Anouk est entourée de quatre magnifiques chiots blanc et brun;

elle finit tout juste de lécher le qua-
trième et lève fièrement la tête
pour regarder Yaani.

Merveilleuse Anouk! Mais Yaani
n'est déjà plus là pour la compli-
menter: il s'est endormi. Son esprit
voyage dans des eaux très froides
où règne une sirène; une sirène
bienfaisante, entourée d'une multi-
tude de phoques et d'animaux de
toutes les espèces: Sedna, la déesse
des mers de glace!

Table des matières

collection libellule

À partir de 7 ans…

La collection Libellule te propose des petits romans palpitants écrits par des auteurs qui connaissent bien les jeunes. On y trouve des personnages attachants qui évoluent dans des situations où l'humour et la joie de vivre sont toujours présents.

Les petites feuilles placées devant chaque titre indiquent le degré de difficulté du livre.

lecture facile
lecture moins facile

Bonne lecture !

Cécile Gagnon

collection libellule

À partir de 7 ans

As-tu lu les livres de la collection Libellule ? Ce sont des petits romans palpitants. Ils sont SUPER ! Si tu veux bien t'amuser en lisant, choisis parmi ces titres.

Quand les fées font la grève

Linda Briskin et Maureen Fitzgerald

Édith a recours aux fées pour obtenir la réalisation d'un voeu. Elle va l'obtenir, mais d'une façon inattendue.

La pendule qui retardait

Marie-Andrée et Daniel Mativat

Qu'arrivera-t-il à cette pendule qui retarde d'une minute quand elle apprendra que le sort du monde est lié à chacun de ses tics et de ses tacs ?

Les sandales d'Ali-Boulouf

Susanne Julien

Ali-Boulouf porte des sandales qui le mettent dans un drôle de pétrin. Moulik, gamin plein d'astuce et de débrouillardise sauvera-t-il son oncle de la prison ?

Le lutin du téléphone

Marie-Andrée et Daniel Mativat

Viremaboul est un maître en farces et attrapes. Dans son logis, au creux d'un sapin, il mène une existence agréable jusqu'au jour où…

collection libellule

Le bulldozer amoureux
Marie-Andrée Boucher Mativat
Cinq tonnes de muscles d'acier, la
force de soixante chevaux, rien ne
résiste à Brutus. Pourtant, un soir
d'été…

Nu comme un ver
Daniel Wood
Simon découvre que la marée a
emporté ses vêtements. Comment va-t-
il parvenir à rentrer tout nu chez lui à
l'autre bout de la ville ?

L'ascenseur d'Adrien
Cécile Gagnon
L'opérateur de l'ascenseur et le portier
d'un vieil hôtel sont mis à la porte.
Mélanie et Ange-Aimé vont former avec
eux la plus sympathique des
entreprises de recyclage.

La sorcière qui avait peur
Alice Low
Ida, la petite sorcière, est désespérée :
elle ne réussit pas à faire peur.
Heureusement, un gentil fantôme vient
à sa rescousse.

Colin et l'ordinateur
Peter Desbarats
Colin apprend très vite à utiliser le
nouvel ordinateur de son père. Mais
quelques fois, les machines peuvent
jouer de fameux tours.

collection libellule

Moi, j'ai rendez-vous avec Daphné
Cécile Gagnon

Voici la courte biographie d'un chat ordinaire. Il partage le logis de Noémie qui lutte avec détermination pour devenir écrivaine.

Un fantôme à bicyclette
Gilles Gagnon

Jasmine est propriétaire d'une bicyclette. Avec son ami Tom-Tom elle tente de déjouer les mystifications de l'étrange « fantômus bicyclettus ».

GroZoeil mène la danse
Cécile Gagnon

Un épisode de la vie mouvementée des chats danseurs : Daphné et GroZoeil. Cette fois, ils deviennent les vedettes d'une campagne de publicité.

Moulik et le voilier des sables
Susanne Julien

Moulik et ses amis construisent un drôle de voilier. Comment se terminera leur voyage dans le désert et leur visite d'une oasis ?

Kakiwahou
A. P. Campbell

Voici l'histoire d'un petit Amérindien qui vit sur les bords de la Miramichi. Il ressemble à tous les autres sauf…pour sa façon de marcher.

collection libellule

La course au bout de la terre
Louise-Michelle Sauriol

En Alaska, c'est la grande course de chiens de traîneaux. Près de 2 000 km à franchir. Yaani se lance à l'aventure avec ses huit huskies. Quel défi !

Où est passé Inouk ?
Marie-Andrée Boucher Mativat

François et Sophie partent à la pêche sur la glace. Mais ils n'y vont pas seuls. Ils décident d'emmener leur chien, Inouk. Est-ce vraiment une bonne idée ?

Une lettre dans la tempête
Cécile Gagnon

En pleine hiver, à Havre Aubert, Îles de la Madeleine, le câble télégraphique qui relie les îles au continent se casse. Comment faire parvenir un message important quand on est coupé de tout ?

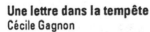

Mademoiselle Zoé
Marie-Andrée et Daniel Mativat

Une maladresse de son maître, l'émir Rachid Aboul Amitt, force Zoé à quitter son pays, le Rutabaga, pour aller vivre en Fanfaronie. S'adaptera-t-elle à sa nouvelle existence ?

Un chameau pour maman
Lucie Bergeron

Pourquoi Nicolas a-t-il tant besoin d'un chameau pour sa mère ? Est-ce pour son cadeau d'anniversaire ? Ou parce qu'elle prépare une étude sur les animaux d'Afrique ? Et si c'était pour une autre raison…

collection libellule

La planète Vitamine
Normand Gélinas

Fiou et Pok, les aides du professeur Minus débarquent sur la planète Vitamine. Un intrus a convaincu les tomates de recevoir un traitement aux engrais chimiques.

La grande catastrophe
Lucie Bergeron

La radio annonce que le réchauffement de la planète va atteindre son maximum. Comment Samuel et Étienne vont-ils empêcher leur fort de neige de se transformer en flaque d'eau ?

Une peur bleue
Marie-Andrée Boucher Mativat

Une grande chambre, un mobilier tout neuf, voilà des propositions emballantes. Pourtant, Julie a de bonnes raisons d'avoir peur d'aller coucher au sous-sol.

La sirène des mers de glace
Louise-Michelle Sauriol

Soudain la banquise craque. Yaani est emporté à la dérive. Il tombe au fond de l'océan. Son étoile magique devenue étoile de mer, l'entraîne dans une aventure fantastique.

collection libellule

Dans la même collection

 ACHEVÉ D'IMPRIMER
EN SEPTEMBRE **1992**
SUR LES PRESSES DE
PAYETTE & SIMMS INC.
À SAINT-LAMBERT, P.Q.